U0607591

时间的挽歌

Time Elegy

史桢玮◎著

四川文艺出版社

图书在版编目（CIP）数据

时间的挽歌 / 史桢玮著. —成都：四川文艺出版
社，2015.5（2022.1重印）
　ISBN 978-7-5411-4055-6

　Ⅰ. ①时… Ⅱ. ①史… Ⅲ. ①诗集－中国－当代
Ⅳ. ①I227

中国版本图书馆 CIP 数据核字（2015）第 082256 号

SHIJIAN DE WANGE

时间的挽歌

史桢玮　著

责任编辑	郭　健
责任校对	舒晓利
封面设计	史小燕
版式设计	史小燕

出版发行	四川文艺出版社
社　　址	成都市槐树街 2 号
网　　址	www.scwys.com
电　　话	028-86259285（发行部）　028-86259303（编辑部）
传　　真	028-86259306

读者服务	028-86259293
邮购地址	成都市槐树街 2 号四川文艺出版社邮购部　610031

排　　版	四川胜翔数码印务设计有限公司
印　　刷	永清县晔盛亚胶印有限公司
成品尺寸	140mm×203mm　1/32
印　　张	5
字　　数	100 千
版　　次	2015 年 5 月第一版
印　　次	2022 年 1 月第二次印刷
书　　号	ISBN 978-7-5411-4055-6
定　　价	48.00 元

目录

〈第三声部〉**林深人不知**

一曲时间、 人性和诗歌的挽歌

在宇宙时空里，每个人，都是一部时间简史，而时间只是一个大收集者。从这个意义上说，写给时间的挽歌，即写给人类的安魂曲。

如何诗意地栖居，如何使灵魂安宁，如何让个人这部时间简史有色彩有意义，这是有灵魂的人类共同的终极关怀。而我们生活在一个实利至上、神性消隐、信仰衰颓的普世价值体系之中，诗歌不再是福音书，诗人无法再扮演先知的角色，更不敢妄言做人类灵魂的工程师。如果诗人有灵魂，诗歌担任自己灵魂的清道夫足矣。

德国哲学家谢林曾说："通往神圣之路有两条，一是诗歌；一是哲学，前者使我们身临理想境界，后者使现实世界完全从我们面前消逝。"我选择了诗歌，诗歌成为我天堂里的上帝，它是指引我走向圣坛的一神教，给我不能承受的生命之轻洗礼了命运感和宗教感的灵性光辉。在它面前，我一生可以有一次做天使的机会，尽管我不是一个事实上的皈依者。

短暂的一生中
我们有一次做天使的机会

那就是穿着玫瑰的女神降临
爱情唤醒了我们的羽翼
点燃了内心的光芒

其余的时间里
我们都是有罪的灵魂
那曾经永恒的冰川正在消融
也许只是百年之后的洪难
而我们正在集体预谋

此时我们还活着
那时已经死去
一生只有一次做天使的机会
我们如何驱逐内心的黑暗
洁白自己的翅膀

　　人的存在过程，就是一个神性与人性、灵魂与肉体普遍而反复分裂的过程。在诗歌之美的背后往往隐喻着人间悲剧，哪里有苦难，哪里即有拯救。通过诗歌，诗人走上了一条通灵的救赎之道，寻求到了命运的庇护之所。

　　然而，诗歌真有如此巨大力量吗？英国诺贝尔文学奖获得者希尼说："在某种意义上，诗歌的功效等于零，从来没有一首诗阻止过一辆坦克。在另一种意义上，它是无限的。就像耶稣在沙上写字，在他面前原告和被告皆无话可说，并获得新生。"

这是失望之冬，也是希望之春。当下，虽说是人性和诗歌的双重危机时代，抑或诗歌只沦为一种自娱与自赎的私密仪式，而我依然会怀着朝圣之心，献给原本诗意的世界一首诗：

我可以献给世界一首诗
从此也只是天籁的孤鸣
就像古琴中高山和流水和声
会给你讲述关于知音的故事

我可以献给世界一首诗
从此也只是灵魂的私语
就像失落的楼兰和庞贝古城
会给你讲述关于时间的故事

我可以献给世界一首诗
从此也只是一人的《圣经》
就像失去乐园的亚当和夏娃
会给你讲述关于诺亚的故事

其实，神性一直没有缺位，人性也未曾全部泯灭，神圣感始终都在人的灵魂周围徘徊，只是世人的心灵不再清静，眼神不再如炬，才需要诗人在神圣的黑夜中孤独浪迹，走遍大地，做一个虔诚的守夜人，恪守与上帝的圣约。

即使明日清晨
我们可以如期醒来
继续奔赴上帝的圣约

却依然无法预知
命运会给我们
安排怎样的晚餐

是的
我相信命运
我才与司命女神抗争

黑暗是镜子的一面，成就了另一面光明的使命。死亡是金色的背景，绽放着梵高绚烂的向日葵。穿越了黑暗与死亡，我在轮回中归来，成为自己命运的预言者。我写下这些文字，仅仅为了光阴流逝使我心安。

沉浸在时间的挽歌里，也许你会淡忘尘世曾有的幸福与苦难，而专注于享受灵魂的自由和精神的平静。

命运的星空下，我是占星者，内心闪烁着孤独的火焰，云层之下那些世俗的目光，早已沉睡或熄灭。正是通过对诗歌神性意义的觉醒与复活，我一直在靠近天堂，即使尚未真正到达。

遥望黑夜中的光芒，我在返乡路上。

我已遗忘是怎样一路至此，愿我能够揭示时间与存在的秘密。

这是一曲时间的挽歌。

这是一曲人性的挽歌。

这是一曲诗歌的挽歌。

希望这不是一曲挽歌。

二〇一四年十二月

成都

圣 约

〈第一声部〉

不是所有叶子都要结果

我多像
荒野里的一棵树
长满虚度时光的叶子

这一生
即使结一个果实
悄然隐藏在叶子后面

我会说
我是静穆幸福的
所有的叶子众愿已归

一生只有一次做天使的机会

短暂的一生中
我们有一次做天使的机会
那就是穿着玫瑰的女神降临
爱情唤醒了我们的羽翼
点燃了内心的光芒

其余的时间里
我们都是有罪的灵魂
那曾经永恒的冰川正在消融
也许只是百年之后的洪难
而我们正在集体预谋

此时我们还活着
那时已经死去
一生只有一次做天使的机会
我们如何驱逐内心的黑暗
洁白自己的翅膀

创世纪

夜色消逝前
我模仿上帝的口吻
敬畏地说出
要有光
于是光又一天照亮黑暗

大海干涸前
我模仿上帝的口吻
欢喜地说出
要有河流
然而河床日渐干枯

父亲弥留之际
我忘记了上帝的救赎
用自己悲伤的声调说出
要留下你的灵魂
因为我尚未写下挽歌

圣 约

即使明日清晨
我们可以如期醒来
继续奔赴上帝的圣约

却依然无法预知
命运会给我们
安排怎样的晚餐

是的
我相信命运
我才与司命女神抗争

上帝的苹果园与命运的后花园之间

上帝的苹果园
与命运的后花园之间
是我们的荒诞人生

上帝像位和蔼的果农
用一只疯狂的苹果
为世人启蒙

所有人背负着十字架
孤独而绝望
向着时间深处消隐

那繁花覆盖的地方
天使日夜为我们镌刻墓志铭
你可以摘朵小花微笑着告别

天　堂

有时天堂在一滴折射光芒的水珠里
有时天堂在一条林间小道的鸟鸣里

有时天堂在一只孤雁的征途上
有时天堂在命运无情的鞭子上

有时天堂在黎明前的梦幻中
有时天堂在夕阳下的沉思中

我一直在靠近它
却从未真正到达

无信仰的人

已逝的亲人
以及人类的死亡
只是为了验证上帝的存在
还有他的毁灭和复活之术

我猜想上帝是在安息日梦里
创造了死神
只传一半话给他便醒了
因此无信仰的人没有灵魂

如果你有灵魂

如果你有灵魂
你会比没有灵魂的人
更加需要一首安魂曲

我选择了隐者的生活
深居在内心的高山上
独行在内心的大海边
我只守住自己的灵魂
便可获得宁静和新生

我找到了灵魂
我是比没有灵魂的人
更加需要一首安魂曲

对 弈

有光的地方
影子会找我对弈
时间久了
阳光倦了
月光倦了
灯光也倦了
就连影子
有时也要逃避
这有始无终的残局

时间的挽歌

时间在万物身上寄居筑巢
直到毁灭了它们
又去寻觅新的窠臼

假使时间也有一颗爱美之心
那就让美栖息在我的眼窝
让它指引我发现残缺的美

否则我的眼里将充满虚无
看到的红花也只是昨年空枝
看到的微笑也只是骷髅幻象

时间给生灵谱写了安魂曲
唯独没有自己的挽歌
它是宇宙间最忠实的守望者

占星者

午夜之后

云层之上

司命女神与人类命运

正在博弈

我见证了一切

月亮和星星棋子般消失

世界陷入黑暗

我是占星者

内心闪烁着孤独的火焰

云层之下

那些世俗的目光

早已沉睡或熄灭

黑 暗

一朵花在无垠的黑暗轮回绽放
她睁开眼
看到世界先是变丑然后熄灭
一朵花独自凋零完成光的使命

我是阳光下那棵卑微的苹果树
不敢抖落
身上的枝条绿叶和欲望之果
我能否在下个黑暗循环中归来

无法救赎的命运

一棵树萌发了枝芽

春天说

我已开启你生命之窗

不同的叶蔓隐藏着未知的秘密

你将遇到阳光雨露或是风暴

有朝一日你枯萎时

我却无力回生

一个人孤独地诞生

命运说

我已带你走进炼狱

不同的路人会成为宽门或窄门

你将由此坠入地狱升入天堂

有朝一日你受难时

我却无法救赎

守夜人

我想做一个虔诚的守夜人
在黑暗里收集众生的梦想
我想阻挡这流逝的时光
万物依然微笑着说我走了

我想做一个先知的守夜人
在黑暗里唤醒众生的梦想
我想说服这迷途的羔羊
他们依然叹息着说我走了

影 子

我们的肉体锦衣玉食时
影子风餐露宿

我们的肉体浮躁喧嚣时
影子沉默不语

我们的肉体沐浴光辉时
影子说
我是光的先知

我们的肉体沉陷泥沼时
影子说
我吐莲花渡你

溪 畔

我坐在溪畔
留恋自己的倒影
水流仿佛凝滞
我们刚要彼此问候
他早已向下游漂泊

我徘徊在溪畔
只看到一朵漩涡
这流波的舞者
脚步轻盈地旋转
我多想说一声
请停一停
你是那么美丽啊

雾

雾把世界藏起来
等待我重新去发现
每一步都是方向
我却找不到方向
每一次转身都是未来
我却不知未来何处
太阳像个陈年的红纸灯笼
远远地照我脚下的路
我听到不远处的人声
看到一只苹果滚落到脚边
我怀疑那是我曾经的回音
而那棵苹果树永不可遇

天 鹅

我看到一只洁白的天鹅

安静地飞临圣湖

犹如高贵的灵魂依附着纯净的心灵

我世俗的脚步刚要走近神奇的水面

天鹅微笑着转身

向着永恒的源泉深处隐去

风中物语

冬天的花园比墓地还要荒芜
春风从花园经过时
腐朽的土地也美丽地微笑
戴着百花芬芳的面纱

花园里的风是过客来去无踪
不会贪恋短暂盛宴
她一路欢唱着隐秘的物语
春天的花是冬天的梦

美的诞生

要朝圣到何方才能发现美
当我爱抚成堆落叶时
我便是美本身了

要修行到何时才能发现美
当我流连荷塘望月时
我便是美本身了

要相遇到何人才能发现美
当我聆听窗外檐雨时
我便是美本身了

要命定到何缘才能发现美
当我驻足空山赏花时
我便是美本身了

园 丁

春天问我需要什么赏赐
我只想做个卑微园丁
请不要记住我的名字
我将在此默默了却余生

春天问我埋藏什么秘密
我只是等待一个春梦
请不要揣摩我的心迹
我将在此坚守生命之冬

春天问我何为人生意义
我只为寻求内心禅定
请不要搅扰我的寂静
我将在此倾听美的心声

时间消失在时间里

时间消失在时间里
我能否
在时间背影听见世界脚步

一颗星消失在星空
我知道
唯有宁静可以使我发现她

一粒沙消失在沙漠
我知道
唯有驼铃可以引我重逢她

一根草消失在草原
我知道
唯有歌声可以让我遇见她

一个人消失在人群
我知道
唯有爱情可以带我找到她

时间消失在时间里
我能否
在时间背影听见世界脚步

人类的梦和海的幻想

黑暗的海底世界

每个游弋的生命

终会像流星划过天空

瞬间照亮大海

美丽和死亡构成海的幻想

这和人类的梦如此相像

沙滩是大海嘴边的灰烬

让我想起父亲的遗言

来不及成全就枯萎

我说不出为何向往大海

憧憬朦胧的生活

人类的梦和海的幻想如此相像

轻与重

生命之轻
我们已不能
在悲恸的星星眼睛下流泪

生命之重
我们已不能
在洁白的天鹅翅膀上歌唱

时间果真如流水

时间果真如流水
我要逆流而上
朝圣雪山秘境
追寻前世的幻影

时间非流水
今生我只能
看着它流走

时间果真如流水
我要顺流而下
潜入海洋之心
倾听逝去的声音

时间非流水
今生我只能
看着它流走

雪　豹

透过长镜头
我窥视一只雪豹
它有着性感的花纹和曲线
我被邪恶之美激动着

雪豹突然发现我
惊惧得无法动弹
我猜想它是看到了
一双人类邪恶的眼睛

也许这戏剧性的一幕
上帝尽收眼底
我们构成一台戏
供世人和天使观看

自然的奥秘

雨林深处
大自然丰富的完美形体
令人心生敬畏
美丽层层相叠
如星辰之上的星辰

似乎不需要在春季
热情洋溢的大自然
就能弹奏风的乐章
合唱流水的诗行
我沉静在大自然绿色的教堂

越是深入自然迷宫般的路径
我的视野就越开阔壮丽
人尽管心存悲伤
一旦接受了自然的祝福
小天使都会在你的睫毛上跳舞

死 神

活着时
我们与他如影随形
却无法看到他
他出现在无人可见的地方

他从不现身
只需通过
一场恶劣婚姻
一个癌症病毒
一次意外车祸
无数次坏心情
逼我们亲近他
与他握手言和

我不得不直呼其名
亲爱的朋友
我一直认识你

人类也应该学会去爱你
当我们真正看见他的尊容时
已无法言说他

笼 子

笼子里关进一只鸟
我听见时间抗议和呐喊

我在笼子四周徘徊
像囚徒看着另一个囚徒

我打开笼子放生鸟
试图还时间以自由之身

果壳里的世界

我的果实

在黑暗的果壳里

日渐成熟闪光

我是这小小世界里的王

假使破碎的杯子可以复原

终有一天

世界会找到曾经的影像

然而现在

把时间驱逐到果壳之外

我要远离这复活一切

又毁灭一切的轨道

如果生命无法重新呈现

此刻就让我独享

果壳世界的夜与昼　影与光

檀 香

香燃着
灰落进圣坛
一层叠着一层

短暂一生
缘定灰飞烟灭
唯神灵引为知音

进香人
成全了一炷香
未必能觉醒顿悟

时间之网

每天映入清澈瞳孔的

必是那些令我感到惊悚

乃至厌恶的绵密腿脚

时间这只巨型蜘蛛

似乎尚未饥饿

它只是擦去我昨日身上的灰尘

我试图选择逃离

而道路永无蛛网宽广

我时常憎恨它

不能像一只猛虎那样

光明磊落地夺走我的性命

只会游戏般地折磨人

我无时不在挣脱它

却发现这个无知的时间之王

竟然把远古的人类智慧

以及爱情和星空收藏

像封无尽的情书一样

沉醉地品读

月 望

时间日夜打磨月亮这块石头
把它制成一个水墨玉盘
这是我和上帝钟情的器皿
可以盛放我不为人知的悲伤
以及圣餐和星星般的银质刀叉

无论遥远的翡翠色
还是月望之夜的金黄色
对于我都是一样月光
或是他人美丽的欲望
今晚正在圆满绽放

我惧怕人类渴望的月望时刻
时间会再次把这玉盘打破
如果那时
上帝无法使你救赎
我将以怎样忧郁的夜曲让你安眠

树与人（一）

雨后的山林

用无数双叶子眼睛

清纯地看着我

渐渐地

我感到胆怯

不敢对视

甚至想要逃离

面对众多绿色灵魂

和它们目光的照射

我身后的影子

是隐藏内心许久的黑暗

树与人（二）

一棵树
因为有脚下的泥土
它感受不到
高贵的乡愁

一个离人
只有父母是他的根
而根的尽头
将是浓烈的乡愁

色彩与意义 （一）

人生该有怎样的色彩
才不辜负美轮美奂的时光
我愿意像那只孤独的老虎
毛发金色辉煌
火一样照亮深夜的林莽

人生该有怎样的意义
才不辜负转瞬即逝的时光
我愿意像那菩提下的小草
心中装着太阳
风一样唤醒绿野到远方

色彩与意义（二）

一棵树长着长着

就懂得了生命该如何圆满

它在命运多舛的主干上

无限延伸枝蔓

丰富有限的色彩

寻求可能的意义

就像那棵比我还年长的杨柳

年年春风伴舞婀娜多姿

我们会忌妒地说

瞧　这个水性杨花的老女人

色彩与意义（三）

天空没有一颗跳动的心灵
然而它懂得包容
风雨雷电是它动容的表情

天空没有一面化妆的镜子
然而它懂得挽留
云霞的变幻装扮它的色彩

天空没有一双飞翔的翅膀
然而它懂得奉献
鸟儿的梦想就是它的向往

色彩与意义（四）

突然人生失去了方向
我向妩媚的青山问路
青山指着身上的茅草说
世上没有路
只要把自己看得渺小些
处处都是路
无人阻挡

突然人生失去了意义
我向坚定的青山探寻
滚石上山的西西弗斯说
人生无意义
只要敢于对抗命运之神
处处是天堂
无人诅咒

声 音

梦想说

给我一滴水

我可以扬帆远航

沙粒说

给我一片黑暗

我可以成为珍珠

葵花说

给我一缕金黄

我可以成为太阳

生命说

给我一份爱

我可以永生不朽

人 生

人生
犹如一场宴会

时间
坐在宾客对面

我们
品尝酸甜苦辣

席散
死神冷笑送客

面　具

太阳戴着黄金面具
俯瞰华丽迷宫里
无知的人间游戏

我在暮光之城郊外
看到了太阳真颜
海水染红地平线

星星是砸碎的面具
那忧伤着的月亮
宛如赤裸的太阳

黑夜隐埋一切秘密
直至光带它离去
万物又戴起面具

一棵冬季开花的银桂

过了大雪时节
秋天早已腐烂
一棵冬季开花的银桂
超越了时空神奇绽放

芬芳的灵魂
美丽的再现
留不住时光的脚步
一　只引起了我的沉思

命运里遇见的三个人

每个人出生时

首先遇见守护金字塔的斯芬克斯

狮身美女把一道谜语

放进我们掌心

约好在时间的某处等待谜底

我们从此踏入华丽的金殿迷宫

金殿迷宫迷雾重重

我们一手执谜

一手举着普罗米修斯之火前行

光明发现了黑暗

却无法帮我们找到神秘答案

我们是荒原上的牧羊人

不知迷途知返

每天远远望着西西弗斯孤独地滚石上山

那块疯狂的石头如日升月落

这个被上帝惩罚的男人也在不知疲倦地思索

究竟是何物才配拥有荒谬虚无的命运

太阳之美

我们看到的只是美丽的光环
我们触到的只是暖人的金辉

我们永远看不到他内心孤独的黑暗
我们永远触不到他脸上焦灼的伤悲

我们总是相信自己独具慧眼
我们目光过往之处皆现大美

我们始终怀疑自己的所见均是空幻
我们从来不愿脱掉这层面具的虚伪

世　界

我闭眼懒得看世界时
世界就包藏在我的心里

我的悲我的喜过大时
世界就无声无息地缩小

土　地

无数先辈
借土地播种
五谷杂粮
哺育一代代生命

命运女神
借人心播种
悲欢离合
演绎一幕幕荒诞

水　墨

一

我骑着梦这匹白马

恣意扬鞭

冲淡浓墨夜色

留白处皆白驹鬃影

那些未至的江山

晨阳落枚闲章

谓之水墨

二

我要收藏这幅水墨

好用余生为大片留白着色

那些曾经荒芜了的青春

竟淡泊得如此儒雅

不计一毫一墨

我远远地走近你

山水了然于胸

寥寥数笔勾勒

而那虚无似的留白

是风景中的风景

一棵植物的生命观

葡萄藤在冬夜

盗走泥土的梦

像衣裳披在身上

如果你肯停下脚步

用渴望的手抚摩绿叶

用干裂的唇品尝紫果

你会相信

这是一棵植物的幸福生活

然而那浓荫下

扭曲挣扎的枝蔓

多像我们多舛的人生

始终呈现给世界以妩媚

内心饱含着慈悲

窗 外

窗外咫尺
针叶松触手可及
松鼠上蹿下跳
这些单纯的灵魂
看不到我的存在

总感到有一双眼
远远地窥视着我
和我窗外的风景
把我们画入春的速写
对于大自然的秘密
我又能知道些什么

残 月

漆黑的松林之巅
一轮弦月高悬
银色的光环清晰可见

黎明之前我走在林荫小道
路和树彼此沉默
不再做我前行的向导

我的心也是夜色的一部分
正如遥远的那弯残月
光明与黑暗时刻相互噬吞

命 运

正如深爱着我一样
命运女神这个妖艳的女人
给所有人戴上钟情的魔戒
使我们终生受到奴役

世代如落叶凋零
唯独此女子青春不朽
四季是她善变的表情
而她深不可测的神秘内心
永无先知可以预言

银河里彼此孤独的星星
那些永不瞑目的眼睛
一定和仰望它的人类一样
遭遇了不祥的命运

世俗的欢愉令生命轻薄
在出生的地方我们只是过客
人们甚至渴望黑暗来积淀生命的重量
像煎熬在极昼灿烂阳光下的旅人
或许苦难的命运才是灵魂宁静的故乡

春 祭

像古老祭坛上
舞蹈至死的少女一样
所有的花朵作为大地的女儿
一同献祭给春天的太阳
直到少女倒下鲜花凋零
我们见证了美的毁灭

春天只是拉开了悲剧的序幕
颂曲转瞬变成挽歌
我们总是善于用美酒和歌声
掩饰血腥和丑恶
尔后春天开始复活
众神与我们再次陷入狂欢

春 悟

一花一灯盏
穿越根深蒂固的黑暗
你照耀着春天明媚灿烂

一花一心愿
绽放大地沉醉的梦幻
你芬芳昨年冬季的誓言

一花一尘缘
守候今世最美的遇见
你为谁人慧眼流连忘返

黄金时代

〈第二声部〉

春夜偶感

寒漏声声

不是诉愁时

梦一程

醒一程

心音付谁听

尘缘未断身似萍

误了前世

莫负今生

巫山神女

朝云成烟
梦醒醉巫山
一袭白衣婆娑舞
疑是敦煌飞天

暮雨飘摇
伊人犹窈窕
此生相思尽成愁
锦书应托鹊桥

颜如玉

红烛摇曳
寒漏声声
我可曾是那
前朝倚窗苦读的书生
等待着书中如玉的女子

书中有女
字字珠玑
你可曾是那
梦中颜面如玉的佳人
静候着尘世过往的知音

桃花渡

野渡无人水自流
兰舟催发

离人欲梦还休
天涯路迢迢

一腔心事付桃花
哪堪零落

望断萍水云烟
有伊人来渡

锦 里

春夜未央
孔明灯初上
锦官故里巷
清明安详

青青瓦当
流年的忧伤
谁人的目光
隔世凝望

玉人倚窗
暗自独思量
浅梦蝶成双
倩影彷徨

如果你在春天迷途

如果你在春天迷途
我希望你做个短暂的梦等我

当你合上双眼
无数的花瓣正在无声地萎去
更多的花绽放为你编织花床

你梦寐以求做一朵芬芳的花
而整个花园在梦想化身为你
在春天的梦里

我希望你做个短暂的梦等我
如果你在春天迷途

黄金时代

节气过了小雪

青羊宫大殿外的银杏

落了一地金光

落吧

落吧

该到正道的时候了

这是我们的黄金时代

我多想躺在金色的叶子上

听着光阴滴落

寻声救苦

赴感随缘

雅 歌

我虔诚地
写下一首诗时
上帝迎着雅歌
拉住我的一只手
而握紧我另一只手的
是那听到情歌的尘世的女子

11 月 15 日

这是所有瞬间中的一个
这是永不再现的瞬间
这是最终的瞬间
这是不朽的瞬间

为了重复这一时光
我以你的名字命名
给历史添一种仪式

这是不朽的瞬间
这是最终的瞬间
这是永不再现的瞬间
这是所有瞬间中的一个

首 饰

　　像粗心男人会遗忘
　　女性首饰存在一样
　　很久以来
　　我遗忘了一些爱的词汇
　　不知它们去了哪里

　　一个曾遗失的词不期而遇
　　我找回一些温暖的句子
　　小心地把它们送给你
　　就像把一串闪光的项链
　　慌张地系到你胸前

诺 言

面对无常的命运
时间也会担忧
人类如何兑现
白头偕老的诺言

于是时间掌握了
点染华发之术
让我提前感受
白头偕老的诺言

四月的布谷声

四月天的原野上
布谷鸟嘹亮凄凉地歌唱

鸟声犹如一条时光隧道
瞬间我回到年少

田野里金风流荡
父母无暇把这美景欣赏

我不知人会像庄稼变老
总爱听那鸟儿叫

这是永恒的理想
每粒种子都想长成太阳

空许约的歌声岂是良药
如今我悲伤苦恼

永不再有旧时光
即使四月是甜蜜的梦乡

我的心

我的心是那幽静的青石板
也曾有过绣鞋轻叩的回声

我的心是那寂寥的风雨巷
也曾有过佳人彷徨的倩影

我的心是那沉睡的青石板
等待着你前世的足音唤醒

我的心是那无眠的风雨巷
等待着你今生的笑颜入梦

新 柳

这一树的伤心色
是谁写给春天的诗句

这一树的柔丝绦
是谁献给春天的舞蹈

是我写下忧伤的诗句
为你把相思绽放

是你跳起婀娜的舞蹈
为我把黑暗驱逐

谁人的星空

头顶这片古老的星空
曾被无数年轻人类仰望
他们站在世界不同的角落
怀着各异的心情

无论我身处何方
每晚都从窄小漆黑的庭院
敬畏地读银河散落的文字
来自天堂父亲的家书

一束孤独的阳光

我是一束孤独的阳光
除了自己的胸膛
天空的每片云朵任我照亮
世界是如此广阔
我等候另一束孤独的阳光
献我一双天使的翅膀

我是一束孤独的阳光
除了自己的悲伤
大地的每寸泥土心怀梦想
人心是如此炎凉
我等候另一束孤独的阳光
赐我一程安魂的慈航

我不愿

我不愿贪恋整个白昼
但不会让一束日光
在我心中消亡

我不愿收获整个荷塘
但不会让一瓣月光
在我眼底干涸

我不愿幻想整个黑夜
但不会让一个梦呓
在我唇间流逝

我不愿拥有整个花园
但不会让一株玫瑰
在我怀里枯萎

春天就这么过去了

春天就这么过去了
我还来不及绽放一个梦想
你引导我从悲伤穿过悲伤
用快乐塑造我的荒芜时光
这一切只有我的心知道

春天就这么过去了
我还来不及留下一张笑脸
你引导我从黑暗穿过黑暗
用光辉驱赶我的惶恐不安
这一切只有我的心知道

春天就这么过去了
我还来不及亲吻一朵花香
你引导我从死亡穿过死亡
用生命启示我的不朽诗行
这一切只有我的心知道

晨　思

清晨鸟儿奏鸣着和声
让我忘却了昨夜梦里的烦扰

黑暗中你送来了微笑
为众生洗礼白昼所有的喧嚣

有个使者手持花篮站在路边
得到花的人来自拂晓

那些手无鲜花的人没有火把
他们无法把黎明找到

路 上

早晨我带一颗空心上路
心里盛满雨露清风鸟鸣

还有大地上起落的尘埃
那凋落不尽的太阳花瓣

无眠之人连夜酝酿琼浆
等我经过一起带去远方

栀子花

在每天走过的道旁
一朵朵栀子花即将败落

残香引起我的思索
她们可曾来过这个世界

时刻都有美的葬礼
花儿怜悯地目送我离开

六月的绿树

我站在窗口
望着六月的绿树
在热浪煎熬中日渐完美

而土地正在消亡
绿树想要告诉我们什么
以及这个残缺的世界

值得怀念的不仅是五月
五月里离去的父亲
还有逝去岁月里静美的时光

你一半是光一半是梦

黄昏对我说

你的一半是光

我甘愿深陷黑暗

仰望你的辉煌

领受你的温暖

黎明对我说

你的一半是梦

我宁可沉醉不醒

追逐你的琴声

彷徨你的仙境

夜幕下的白百合

夜色阑珊处

一个白衣女子

怀抱一束白百合

她们像是一对黑暗中孪生的姐妹

她们面带蒙娜丽莎式的微笑

让我忘却此刻月色朦胧星光闪烁

一瞬间

我开始对黑暗有了深刻的领悟

那些美妙和光明的事物

或许正是在阴影里酝酿诞生

莲花语

母亲的脚步
一定到过干旱的河谷
我看见
河谷两岸地涌金莲

父亲的魂灵
一定到过天山的峰顶
我梦见
峰顶四周雪捧蓝莲

玉人的馨香
一定到过寂静的荷塘
我听见
荷塘风起水生银莲

溪 客

你可曾来过
我分明看见
匆匆过客的身影
那荷塘之上
是谁步步莲花

你可曾说过
我分明听见
匆匆过客的私语
那荷塘之上
是谁口吐莲花

早 祷

当晨光照向我的脸
我睁开双眼
身边不见万能的主
或是羸弱的父母

此刻我感到幸福
心里还有不灭的梦幻
以及梦境里虚无的你
和窗外真实的绿野

偌大的山河

偌大的山河
随便留一处
让我落发为僧
坐听松涛清风
心胸山高水长
空谷起明月
我鹤游苍穹

偌大的山河
随便留一处
让我落草为寇
笑看人间江湖
世界善恶清明
阳光尽染时
我指点江山

我可以献给世界一首诗

我可以献给世界一首诗
从此也只是天籁的孤鸣
就像古琴中高山和流水和声
会给你讲述关于知音的故事

我可以献给世界一首诗
从此也只是灵魂的私语
就像失落的楼兰和庞贝古城
会给你讲述关于时间的故事

我可以献给世界一首诗
从此也只是一人的《圣经》
就像失去乐园的亚当和夏娃
会给你讲述关于诺亚的故事

雪 人

风雨以及彩虹

都无法塑造人形

于是我等待落雪后

用纯白的雪花

堆起一个雪人

并且尽可能地美化它

这时我惧怕阳光唤醒

内心那条冻僵的思念之蛇

复苏之后再次溜走

更惧怕阳光

把完美的雪人一点一滴融化

这是一个抗争的过程

这是一个复活与消亡的过程

这是一个被思念与被遗忘的过程

美人蕉

在地球这个大墓园里
美人蕉随风绽放硕大的花朵
我相信她是佛祖闪着光辉的足迹
或是被佛祖眷顾过的善良亡魂的化身

至今无法确定的是
我们一直在追求佛法的正果
还是佛始终在救赎无知人类的罪恶
那个妖一样的美人决绝地走向了未来

太 阳

太阳从东山

再现人间

看到月亮

还在西山酣睡

他拉起云层帷幕

不搅扰月亮的清梦

这一切

我们从窗口远远地看到

却未必懂得

整个白天

我都小心翼翼

牵着阳光的手指

徘徊在庭后的花园

彼此保持沉默的默契

夜晚到来

我无法把他请进我的小屋

他临别

总是温暖地道声晚安好梦

端 午

端午这一天
我什么都不想做
我只是独坐在溪边
听流水讲那过去的事情

黄 昏

黄昏时分

一只倦鸟独立枝头

久久不愿归巢

它啁啾不止

凝望着血色夕阳

也许生命即将归于沉寂

谁又能舍下这个喧嚣的世界

夜

此刻
白昼沉睡着

夜醒着
梦醒着

我嗅着时间
这朵古老玫瑰的芬芳

梦 荷

梦里
我是一枝荷

白天
太阳给我戴上金冠

夜晚
月亮为我挂上玉环

梦里
我只求一个完整的清梦

感 恩

当我从睡梦中醒起
身上还带着噩梦和黑暗的气息
我就自然地领受了晨光的祝福
一天珍贵的礼物

今夜我羞愧难眠
妄图用你赠予的美酒陶醉苦难
我要把身心消融在一滴露珠里
回馈天地的恩赐

林深人不知

〈第三声部〉

观自在菩萨

落雨了
我折一枝荷做伞
坐观一滴水
如何在池面泛起
大千世界

梦

晨醒

耳畔栖满鸟鸣

尖喙啄破了梦的外壳

我再次新生在

黎明

雨　露

夜雨
在枝蔓
停住脚步

等待黎明
向阳光
朝圣

一朵花的愿心

晨钟响起

花苞舒展

用满心的馨香朝拜

大地微笑

风儿拈花

放 生

我闭目静听一场大雨
如何在喧嚣的红尘
大音希声

我是尾鱼
游进了雨水的溪流
把自己放生到海那头

林深人不知

山花

独自烂漫

独自凋零

丝毫不顾我的伤感

鸟鸣

时而密集

时而稀疏

全然不知我的欣喜

蝴蝶谷

满山谷的蝴蝶

缤纷起落

是追逐阳光的花朵

如满天的尘埃

随遇而安

像四海为家的上仙

葡萄藤

立春时
葡萄藤还是一身枯枝
如一老僧入定

夏至时
葡萄藤化腐朽为神奇
挂满串串念珠

夏 至

葡萄熟了
有鸟来食

我远远看着
心里甜甜的

听到种子落地
了却一桩心事

孔 雀

一只孔雀
向我开屏

我看到它的绚丽妩媚
它看到我的爱美之心

我们无言
彼此欣赏

雪中鹤

雪花飘舞
仙鹤翔集

我分不清

谁欲入世
谁欲出世

竹石图

山石
沉默着
它看着翠竹
一天天长大

一阵清风
摇曳着竹枝
问候山石
故人别来无恙

礼 佛

——昭觉寺之一

磬过三声
我的灵魂随音而去
不知谁的肉身留在殿内
误了斋饭

一滴露水
落入我黑白的发间
原来只是榕树下的一梦
湿了衣衫

殿前榕树

——昭觉寺之二

远远地

像谁撑着一把油伞

前来进香

到了殿前玉阶

缓住了绣鞋

低眉凝听木鱼凄声

似昨夜梦魇应验

想必那人早已往生

只一念迟疑

竟轮回了千年

远远地

像谁撑着一把油伞

前来进香

声音之道

——昭觉寺之三

一声钟

一声磬

木鱼声声

谁摇响了寺檐的风铃

一盏茶

一盏酒

佛灯盏盏

谁清明了黑暗的双眼

香 客
——昭觉寺之四

香客如流
多如过江之鲫
有谁愿把自己
刻成木鱼
任风敲雨击

瞬 间

我在林间听到了鸟鸣
自然界有很多声音
此时我只听到了鸟鸣
这些风铃
净化了人间的烦忧

我向苍茫望见了星空
红尘中有很多光芒
此时我只望见了星空
那些远灯
照亮了宇宙的无明

四季花语

兰花
在幽谷空山说
春天是高贵的

荷花
若出水婵娟说
夏天是圣洁的

菊花
在庭前昨夜说
秋天是禅静的

雪花
若飞天慈航说
冬天是悲悯的

石 林

落过那么多雨
飘过那么多云
石林涅槃红尘

走过那么多人
做过那么多梦
石林语默禅定

我是谁

我遇到了风
我是风吗
风吹走了
而我留在原地

我遇到了河
我是河吗
河流远了
而我留在原地

我遇到了石头
我是石头吗
石头沉默
而我离开了

我遇到了大山
我是大山吗
大山无言
而我离开了

心 相

心如虚无的天空
日月是颗伤疤
昼夜交替隐痛

你也许会看到我
有时灿烂若花
有时忧郁似水

镜花水月

镜里的枝发芽了
我伸手去拈一朵
微笑的花
瞬间
花已凋谢

水中的银桂飘香
我双手掬起一轮
清凉的月
顷刻
月已玉碎

春 花

绽放在枝头的花朵
是冬天清芬的面容
春天来了
她不愿对着明月梳妆
哀叹时光的短暂
薄命的苦难

她和人类的脸庞一样
终将无声地萎去
总有一位入殓师
为万物描摹最后的脸
我从花前走过
默默接受春的祝福

我和春天一起生发

一声惊雷后
满世界都在生发
我像一棵疯长的树
我的欲望我的花
我的沉默我的苞芽
我的落叶和金色果实
是写给春天临别的话

春天的自白

在你们眼里
我是永恒的诱惑
每年我如期而至
往昔踏青的人未必赴约
是我指引他们走向冬天
直至沉睡进泥土

我把心隐藏在桃花里
你们只看到妖艳
我把思想隐藏在柏叶间
你们却感到晦暗
我怀着悲伤的眼光
看你们无知地来了又去

踏 青

雨水过后是惊蛰
白驹踏青而来

我们从未看到过
它的飞扬神采

几只蝴蝶紧随着
那飘香的马蹄

错 觉

莫非我真的耳鸣
侧耳听
已是百鸟朝凤

莫非我真的眼花
定睛看
正值繁花争妍

莫非我真的蹒跚
细思量
恰逢春流激荡

晚 春

百花缤纷离枝
如同万千佛眼沉睡
念珠散落一地

身上满是尘埃
如同云中谁寄锦书
百花缤纷离枝

岁 月

假如岁月是一面镜子
我们会看到自己
曾经生如夏花
面对时光
朝花夕拾

假如岁月是一扇窗子
我们会看到自己
曾经宛若溪流
面向大海
朝发夕至

天 问

地球睁着绝望的泪眼向天问
我们是她美丽睫毛上的微尘

无明的心

左手捡一片日焰
右手拾一瓣月光
双手合十
捧给无明的心

我们的名字叫雨滴

我们的名字叫雨滴
是望着春花消逝
鼓盆而歌者

我们自高处来汇集
带着同一个希冀
向低微处去

我们隐含彼此姓氏
不写名字在水里
相忘于江湖

清 明

世界若是清明
我将看清你自何处来
又向何处去

世界依旧混沌
你像水不由自主地流
风不自主吹

黑色曼陀罗

春天博大的古老花园
喧嚣的华丽外衣下面
隐遁着一颗沉静的心
倾听万物悲哀的咏叹

黑色曼陀罗萌芽滋长
把有毒的爱情和思想
注入春天人们的心灵
黑暗的芬芳烈如光芒

万物把最美丽的笑脸
朝死亡盛开献给自然
她黑色的花有如法号
声声忏悔着绽向彼岸

静 物

瓶里那束香水百合
叶瓣彼此交替绽放零落
有时我们匆匆走过
只当作她是素描的静物

女王般的香水百合
向人们吐露神秘的花语
圣洁爱情正在消失
这一切隐藏在我的心里

根

　　根在无明的黑暗中禅静
　　祈祷枝叶花果的繁盛
　　这色与空终将凋零

　　根的脚步始终苦行
　　万物成泥滋养它生命
　　信仰如流大地默默地听

芭 蕉

风来时沙沙
雨来时滴答

芭蕉不说话
是谁的潇洒

禅 坐

要像荷叶一样圆满的心
才能留住几滴露珠的莹光

要像深林一样沉静的心
才能留住几声布谷的鸣唱

要像野草一样喜悦的心
才能留住几缕夏花的馨香

喇 嘛

冬日的都市人流里
一个红衣喇嘛
格外温暖耀眼

就像清明时节
锦江之夜那盏
安静燃烧的荷花灯

天葬台上的鹰

咀嚼人类的苦难和罪恶
鹰的翅膀该有多么沉重

如果它是一只有灵魂的鸟
它会领悟生死就如原上草

茫茫天涯只是眼下一片天地
极乐天堂不过头顶一朵云霞

草原上的格桑花

夕阳下的卓玛

赶着牦牛回家

在空寂的草原

她像一朵纤弱的格桑花

她的目光格外耀眼

照亮我灵魂的黑暗

眼窝里流淌着悲悯

让我这异乡的过客流连忘返

雪原生灵

雪坡寸草不生
云层诡秘翻腾
一只羚羊坚守在绝境
启蒙着荒原的生命

大地已经荒凉
天堂变化无常
一只羚羊眼含着慈祥
温暖着高原的阳光

天苍苍　野茫茫

天苍苍

野茫茫

晨曦照亮地平线

牧人的歌声翻开天地千古书

山寂寂

水殇殇

时光安静地流淌

我的马蹄溅起了历史的烟尘